AF356738

QUATRE BUSTES

PAR

JEAN-ANTOINE HOUDON

CATALOGUE

DE

QUATRE BUSTES

PAR

Jean-Antoine HOUDON

(1741-1828)

DONT LA VENTE

Par suite du Décès de Feu Monsieur PERRIN-HOUDON, son arrière petit-fils

AURA LIEU A PARIS

HOTEL DROUOT, SALLE N° 10

LE LUNDI 18 MAI 1914

A quatre heures

<table>
<tr><td>COMMISSAIRE-PRISEUR</td><td>EXPERT</td></tr>
<tr><td>Me André DESVOUGES</td><td>M. Georges GIACOMETTI</td></tr>
<tr><td>Successeur de M. Maurice DELESTRE</td><td>Sculpteur-Expert près le Tribunal civil</td></tr>
<tr><td>Rue de la Grange-Batelière, 26</td><td>Rue Vernier, 22</td></tr>
</table>

EXPOSITION PUBLIQUE

Le Dimanche 17 Mai 1914, de deux heures à six heures

CONDITIONS DE LA VENTE

Elle sera faite au comptant.

Les adjudicataires paieront *dix pour cent* en sus des enchères.

Paris. — Imp. de l'Art, Ch. Berger, 41, rue de la Victoire.

PRÉFACE

Les ventes de nos jours ont pris un aspect très spécial : là, où il y a encore peu d'années, une simple mention au catalogue, sans plus, enregistrait tout simplement les objets, même les plus précieux, livrés aux enchères, il est devenu de mode de nos jours de les accompagner de reproductions et d'un luxe étrange de documents qui, s'ils ne bonifient pas toujours les spécimens d'art mis en vente, ont dans tous les cas pour principal objectif de les entourer de pièces d'identité, pièces justificatives d'origine et valeur appelées à assurer leur succès dès leur apparition en vente, succès d'ailleurs longtemps escompté à l'avance, si tout au moins il ne devient aussi absolu que rêvé.

Le bon ton, pour toute vente qui se respecte, exige donc le luxueux catalogue, aux éclatantes reproductions, aux textes aussi prolixes qu'abondants dus à la plume des maîtres incontestés dans le domaine de la critique artistique et voire même parfois les conservateurs de nos musées deviennent les rédacteurs des catalogues ; de plus la préface, une préface brillante signée des noms autorisés des maîtres de la pensée artistique s'impose ; eh bien à l'encontre de cette coutume attrayante, avouons-le, nous entendons aujourd'hui au contraire présenter tout humblement, malgré leur valeur d'art, leur intérêt puissant dans l'œuvre d'une de nos plus pures gloires de notre statuaire, nos quatre petits bustes, en leur conservant autant que possible le cachet d'intimité toute familiale dont ils ont joui, pendant plus d'un siècle, tout d'abord au foyer même de l'artiste, puis ensuite dans la famille issue de leur auteur.

On sait que Houdon fut et restera le grand portraitiste de tout ce qui eut un nom à son époque ; c'est lui qui nota sans relâche, et cela pour le meilleur de notre documentation, la physionomie de toutes les gloires, de toutes les célébrités de son temps (1). Le Roi, les membres de la famille royale, les financiers, les grands artistes, les savants, les philosophes, les grandes vedettes de la curiosité du moment, comme le charlatan Cagliostro, ou les simples comparses du *fait divers* comme la petite Lise ; puis encore les gloires de la nouvelle France transformée après la Révolution : Bonaparte, Joséphine, maréchaux, généraux, sénateurs ; tous, enfin les illustres de par naissance ou mérite prirent place sur la selle à modèle dans l'atelier de l'artiste. Tous ces bustes ont établi de haute et puissante façon le rare talent, la rare maîtrise de Houdon portraitiste : peu de bustes pourtant révèlent autant de charme que ceux de ses fillettes et il faut, peut-être, aller demander le secret de ce charme au goût tout naturellement amoureux avec lequel l'artiste les modela comme en une douce caresse paternelle.

1 Henri Martin, dans ses *Annotations philosophiques sur l'Histoire de France et sur la société du XVIIIᵉ siècle*, a fait allusion à la facilité de Houdon et à ses innombrables portraits lorsqu'il dit : « Pendant ce temps, la sculpture de genre et de buste gardait toute sa finesse et sa vérité : Houdon est le De La Tour de la statuaire. » HENRI MARTIN : tome XVI, note de la page 159. *Furne, Paris, 1865.*

Les bustes des enfants de Houdon sont, grâce aux nombreuses reproductions qu'il en fit, fort répandus dans le domaine de la connaissance de l'œuvre de Houdon, cependant peu d'échantillons peuvent être mis en comparaison avec succès, en tant que valeur artistique, avec celui que nous présentons aux enchères sous le n° 3 de notre catalogue. C'est là une pièce de tout premier ordre. L'absence de toute couture, ou de toute *réparure* en ce sens, peut faire justement songer à la pièce originale ; de plus, restée dans l'atelier même de l'artiste, conservée avec son précieux sceau d'origine (ce cachet en cire rouge que l'artiste eut soin d'apposer sur les œuvres qu'il conservait par devers lui) et toujours passée de mains en mains par voie de successions dans la famille du maître ; elle conserve un charme, un parfum d'originalité qui la met à même de lutter victorieusement avec les plus beaux échantillons de l'art si attrayant de Houdon, lorsqu'il a traduit dans la matière la reproduction de l'enfance, en sachant malgré sa rigoureuse et habituelle précision, quand il copie la nature, conserver à cette reproduction de l'enfance toute la saveur qu'apporte, qu'on me pardonne cette antithèse un peu outrancière, l'*imprécision* de l'anatomie, le blond des chairs de l'enfance couvrant d'un fin épiderme la musculature à peine naissante.

Si, grâce à de multiples exemplaires conservés tant dans les collections publiques que privées, aucun amateur, aucun artiste, aucun fervent admirateur de Houdon ne saurait ignorer les bustes des enfants de l'artiste, tous au contraire ignorent *Houdon par lui-même*. Pourtant, par deux fois, l'artiste se plut à noter son image, et s'il faut en croire la maxime du sage, qui veut que seul l'on se connaisse bien *soi-même*, il faut reconnaître que, seul, le sculpteur nous a donné de lui un portrait vraiment ressemblant ; en effet, celui-ci apporte à sa physionomie un caractère psychique très intéressant à étudier, et dont les dehors sévères, malgré la similitude des traits, ne nous rappelle que très vaguement sa physionomie toute de bonhomie que nous a laissé son ami Boilly dans cinq études différentes à travers d'attrayantes peintures.

Dans ces deux petits bustes, dans ces deux minuscules images, l'artiste s'est représenté avec une rare puissance d'expression ; son aspect n'est pas rude, mais la pensée s'y montre ardemment concentrée par l'acuité étonnante du regard, qui semble, en quelque sorte, magnétiser le sujet qu'il copie, pour lui ravir partie de sa vie intime et la transporter dans la matière inerte ; d'où cette intensité de vitalité que nous retrouvons dans quelques-unes des images qu'il nous a léguées, comme : son Bonaparte du musée de Dijon ; son Dumouriez du musée David d'Angers ; son Diderot du musée de Langres ; son Cagliostro du musée d'Aix ; sa Sophie Arnould de l'ancienne collection Wallace, que l'on a pu admirer, tout dernièrement encore, chez un de nos plus grands antiquaires ; son Voltaire de la Comédie, pour ne nommer que quelques-unes des œuvres les plus justement et fréquemment citées à ce point de vue spécial.

Nous avons la rare bonne fortune d'apporter aux suffrages des amateurs ces deux petits bustes, et l'intérêt qu'ils offrent est encore en quelque sorte augmenté par le voile de mystère qui les entoura pendant le long séjour qu'ils firent dans la famille, dans leur famille, pourrait-on dire. Ils restèrent jusqu'à ce jour totalement ignorés, car jamais aucune reproduction n'en fut faite, et tous, même parmi les mieux renseignés sur l'œuvre entier de Houdon, ne les connurent que de nom.

Je fus le premier, il y a de cela plus de quinze ans,

à signaler l'existence de l'un d'eux, le plus important, où l'artiste s'est représenté les bras croisés, serrant dans ses mains crispées sa masse et son ciseau.

C'est pour moi, je l'avoue, un rare bonheur que les descendants de l'artiste, se souvenant de ma profonde admiration pour leur grand ancêtre, de mon culte pour son immense génie et même des très modestes travaux que je lui ai consacrés, aient bien voulu m'appeler à l'honneur, en tant qu'expert et aidé heureusement par la compétence autorisée de Me André Desvouges, à diriger le partage qu'ils ont cru devoir faire de ces richesses d'art, n'osant dans leur conscience et malgré le respect qu'ils gardent aux dispositions testamentaires de leur père, feu M. Perrin-Houdon, recueillir la valeur vénale de ces œuvres précieuses sans avoir recours à la seule sanction autorisée pour fixer réellement de la valeur intrinsèque des œuvres d'art : la sanction impartiale des amateurs au cours d'une vacation aux enchères publiques.

Georges GIACOMETTI,

Sculpteur,

Expert près le Tribunal civil.

DÉSIGNATION

N° 1

CLAUDINE HOUDON

Buste d'enfant, offrant les traits de Claudine Houdon ; son père a représenté le bébé la tête légèrement tournée vers la droite. Un fichu couvrant les épaules croise ses plis sur la petite poitrine dont il laisse apercevoir le nu à sa partie supérieure ; il cache entièrement l'épaule et le haut du bras droit dans les plis mouvementés du drapé, et se termine sur l'épaule gauche en un léger volant.

Sur la partie postérieure du buste, un cachet illisible ; sur le socle, cachet avec une tête antique provenant du chaton d'une intaille. Sous le socle, une étiquette portant l'inscription : *Geneviève*, et au-dessous : *buste en plâtre de* Mme *Rochelle* (1).

Buste sensiblement plus petit que nature.

Terre cuite à patine brun foncé.

Hauteur totale : 56 cent. 7 millim.
Pied-cache compris d'une hauteur de 8 cent. 5 millim.

(1) A noter, que les prénoms indiqués sur les étiquettes sont ceux des destinataires des legs, et enfants de feu Monsieur Perrin-Houdon et qu'il y a erreur dans la désignation de la matière faite par le testataire pour les n°ˢ 1 et 3.

N° 2

HOUDON PAR LUI-MÊME

Dans ce petit buste, l'artiste s'est représenté le torse de face, la tête fortement tournée à gauche. Le cou et le haut de la poitrine se laissent voir nus dans l'écartement largement ouvert de la chemise et de l'habit, dont une partie du col est relevée du côté gauche. Ce petit buste est taillé en forme d'hermès à la prise des épaules. Il pose sur une sorte de plinthe quadrangulaire formant un ressaut très prononcé du côté droit en dessous des revers de l'habit.

Cachet avec tête antique comme pour le précédent. Dessous, étiquette avec la mention : *André, petit buste Houdon*.

Terre cuite originale non patinée.

Hauteur totale : 15 cent. 9 millim.

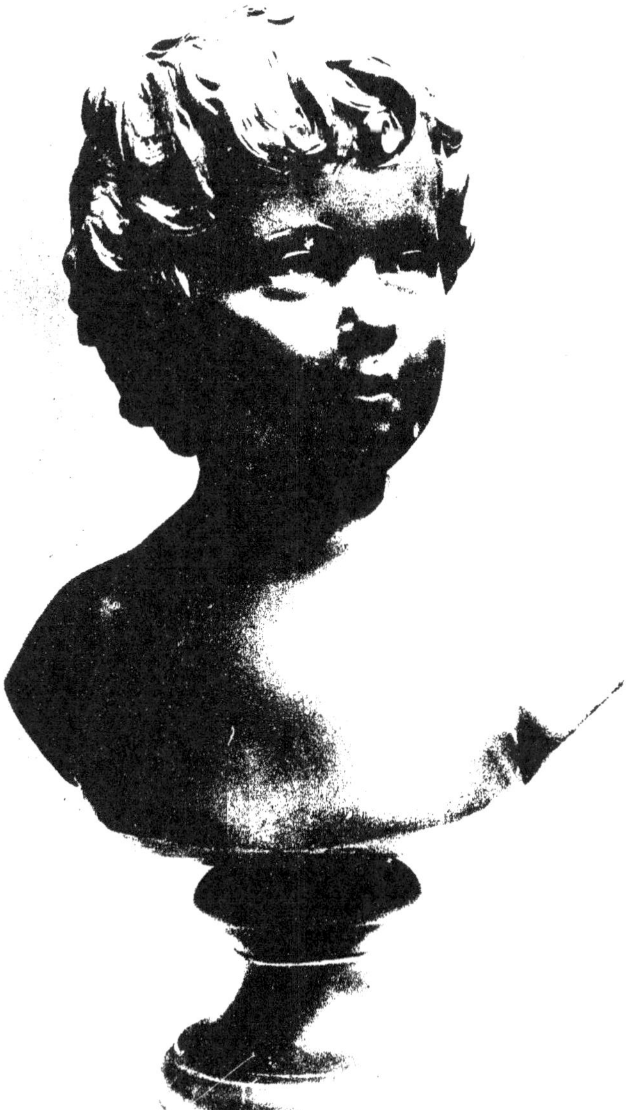

N° 3

ANNE-ANGE

Buste d'enfant offrant les traits de Anne-Ange Houdon, la tête légèrement tournée vers la gauche. La physionomie est souriante, la tête couverte de cheveux aux boucles mouvementées (ce buste a toujours été désigné dans les testaments et papiers de famille : *Buste d'enfant à tête bouclée*). Le buste porte le cachet de l'artiste, plus un contre-cachet à tête antique; sous le socle, une étiquette portant la mention : *Yvonne, buste en terre cuite de Mme Villermay, par Houdon* (1).

Ce buste, toujours resté dans la famille, appartenait en propre au sculpteur; certaines particularités de métier permettent de penser que l'on se trouve en présence du plâtre original qui, teinté terre cuite, a pu amener l'indication erronée que l'on constate dans l'étiquette sur la qualité réelle de la matière. *[note manuscrite]*

Hauteur totale : 38 cent., y compris le piédouche de 8 cent. 8 millim.

(1) À noter, comme pour le n° 1, l'erreur dans la désignation de la matière du buste.

N° 4

HOUDON PAR LUI-MÊME

Petit buste à mi-corps. L'artiste s'est représenté la tète fortement tournée vers la gauche, dans une expression d'ardente contemplation. Le col de la chemise largement ouvert laisse apercevoir le cou et le haut de la poitrine nu. Les bras sont croisés sur la poitrine ; de la main droite il tient la masse, dans la gauche un ciseau à marbre. Sur l'épaule droite, un manteau dont les plis mouvementés viennent se perdre sous le bras droit ; des masses en plâtre rapporté au pinceau et repris à la pointe d'une spatule donnent certaines indications d'accentuation voulue par le maître.

La tète, d'une belle allure intelligente, nous montre un Houdon sensiblement distinct comme portée psychologique des portraits que nous connaissons de lui par Boilly et David d'Angers.

Terre cuite originale.

Hauteur totale : 21 cent. 3 millim.

Au dos, cachet à tète antique ; sous le buste, une étiquette portant : *Edmond, grand buste de Houdon.*